Djédi le magicien et les chambres secrètes de la grande pyramide

Dépôt légal : septembre 2003
ISBN : 2-7028-8483-0

Christian Jacq

Djédi le magicien et les chambres secrètes de la grande pyramide

LE GRAND LIVRE DU MOIS

1

L'impasse

Il avait beau être le fils aîné du pharaon Khéops et le dignitaire le plus puissant de l'État après son père, Hor se trouvait confronté à un obstacle de taille.

Restait une petite chance : la réunion des architectes venus de toutes les provinces du royaume. Peut-être l'un d'eux détenait-il la clé de l'énigme.

Beau garçon, l'esprit vif, sportif, amoureux comblé, fin lettré, Hor se serait volontiers contenté d'une existence facile à Memphis, la capitale d'une Égypte riche et paisible.

Mais son père venait de concevoir un immense projet : l'édification de la plus monumentale des pyramides, qui dépasserait en hauteur et en volume celles construites à Dachour par son prédécesseur, le bon roi Snéfrou, adulé de la population.

Radiesthésistes et magiciens s'étaient entendus sur le choix du site : le plateau de Guizeh. Puis une équipe de techniciens avait entrepris l'arasement de la roche sur laquelle pèseraient bientôt des milliers de blocs.

Chaque Égyptien savait que le pharaon assurait le lien indispensable entre le ciel et la terre, les divinités et les hommes. Désigné pour mettre l'harmonie à la place du désordre, son premier devoir consistait à construire un gigantesque escalier vers l'au-delà, afin que son âme monte vers le soleil, y puise la lumière et en répande les rayons sur son peuple.

Choisir les carrières, en extraire les meilleures pierres, les transporter : tout cela, malgré l'énormité de la tâche, ne présentait que des difficultés mineures qui n'effrayaient pas les maîtres d'œuvre.

Mais il avait bien fallu envisager le plan du dispositif intérieur de la pyramide. Et l'intervention des spécialistes ne laissait subsister aucune ambiguïté : seule la transposition des chambres secrètes de Thot rendrait efficace et lumineuse la grande pyramide. Si l'on ne respectait pas cette exigence, ce ne serait qu'un monument inerte. Les ritualistes étaient malheureusement incapables de fournir d'autres indications.

Aussi Khéops avait-il confié à son fils le soin de lever le voile protégeant ce mystère.

Dans un premier temps, Hor ne s'était pas trop inquiété. Scribe expérimenté, excellent connaisseur des textes anciens, il lui suffirait d'explorer la grande bibliothèque de Memphis pour y trouver les indications nécessaires.

Les écrits relatant les paroles de Thot, maître de l'écriture sacrée et des paroles de puissance, ne manquaient pas.

Mais aucune allusion à ses chambres secrètes !

Dépité, Hor s'était aussitôt rendu à Hermopolis, la cité de Thot, avec la certitude d'y obtenir les informations recherchées.

Nouvelle déception.

Les écrits des premiers âges étaient soigneusement inventoriés, mais aucun n'évoquait, de près ou de loin, ces chambres si bien cachées. Plusieurs entretiens avec les érudits locaux demeurèrent stériles.

En désespoir de cause, Hor s'adressait aux constructeurs.

Ils étaient une vingtaine, plutôt âgés et assez renfrognés. Peu habitués aux mondanités, ils n'appréciaient guère cette convocation.

« Pourquoi tant d'honneurs ? demanda ironiquement un quinquagénaire venant d'Éléphantine, la principale cité du sud.

– Je ne parviens pas à obtenir un renseignement essentiel aux yeux de Sa Majesté, et je compte sur vous pour me le procurer. Qui connaît le nombre et l'emplacement des chambres secrètes de Thot ?

Seul un profond silence répondit au fils aîné de Khéops.

Son ultime espoir s'évanouissait.

Alors que les architectes se dispersaient, un vieillard demeura assis. Chauve, décharné, il s'appuyait sur une canne.

– Désirez-vous de l'aide ? lui demanda Hor.

– Je marche encore seul, mais la fin s'approche. Après une longue vie de bâtisseur, je goûte les joies du repos auprès des miens.

– Pardonnez-moi de vous avoir obligé à vous déplacer.

– Je ne le regrette pas ! D'abord, j'étais curieux ; ensuite, peut-être puis-je vous aider. Je dis bien :

peut-être. Ces chambres, je n'en ai jamais entendu parler. Mais j'ai croisé un curieux personnage, un magicien nommé Djédi, que vous devriez consulter. Enfin... S'il accepte de vous recevoir.

– Oserait-il éconduire le fils aîné du pharaon ?

– Il oserait.

– Où réside-t-il ?

– À deux jours de navigation de Memphis, vers le Sud, dans un village perdu de la rive ouest. Quand je l'ai rencontré, il y a une vingtaine d'années, mon chantier était envoûté par un artisan jaloux et déçu de ne pas avoir été engagé. Djédi a identifié le coupable et détruit son maléfice.

– Pourquoi croyez-vous qu'il détient des informations sur les chambres secrètes de Thot ?

– Il possède une immense bibliothèque regorgeant de textes rares.

La piste semblait bien mince, mais Hor remercia chaleureusement le vieillard.

Avant d'entreprendre un voyage sans doute décevant, il interrogea l'architecte du palais.

– Djédi ? Oui, c'était un magicien farouche, réfractaire aux honneurs et impossible à contrôler. C'est pourquoi il n'a pas été engagé à la Cour. Mais il doit être mort depuis longtemps ! S'il vivait encore, il aurait au moins cent dix ans. »

De mince, la piste devenait inexistante. Néanmoins, la bibliothèque avait peut-être survécu.

2

Naviguer sur le Nil procurait toujours un immense plaisir, surtout lorsqu'on disposait d'un bon bateau et d'un équipage aguerri. Après avoir apprécié la douceur du paysage que rythmaient les cultures et les palmeraies, Hor s'était retiré dans sa confortable cabine pour y goûter du vin blanc des oasis et lire des contes où la magie occupait la part belle.

Le jeune homme n'aimait guère passer une soirée en solitaire, mais il avait jugé préférable de ne pas emmener l'une des belles qui tournaient autour de lui. Ces élégantes jeunes filles ne s'aventuraient guère dans la campagne, trop attachées au luxe de leurs villas citadines.

Alors qu'ils dînaient, baignés par les rayons du soleil couchant, Hor demanda au capitaine s'il avait entendu parler d'un magicien nommé Djédi.

« Un vague souvenir, très vague... Quand je m'occupais du transport de jarres vers le Sud, peu après une crue très abondante, on racontait qu'un magicien avait séparé le fleuve en deux afin d'ôter l'excédent d'eau. Il me semble bien qu'il s'appelait Djédi. D'après les témoins, c'était déjà un vieil homme, il y a plus de vingt ans. »

« Encore l'une de ces fables dont le peuple est friand. », pensa Hor.

Au terme de deux jours de navigation, rendue agréable par un vent du Nord modéré, le bateau accosta le débarcadère d'un gros bourg dont les coquettes maisons blanches à un étage se blottissaient à l'ombre de hauts sycomores.

Une dizaine d'enfants coururent vers la passerelle. Hor leur fit distribuer des gâteaux.

« Comment s'appelle ce village ?

– La Butte aux cailles, répondit un rouquin effronté.

– Peux-tu m'emmener chez le maire ?

– Facile, c'est mon père ! »

En moins de temps qu'il n'en fallait à un moineau pour voler d'une branche à l'autre, le bourg fut averti de l'arrivée d'un notable que chacun voulait voir de près. Gêné d'être un objet de curiosité, Hor demeura néanmoins souriant.

Âgé d'une cinquantaine d'années et doté d'un sympathique embonpoint, le maire sommeillait à l'abri d'un auvent.

Son fils lui tapa sur l'épaule.

« Réveille-toi, je t'amène quelqu'un d'important !

L'édile sursauta.

– Qu'est-ce que c'est… Tu ne vois pas que je suis en train de réfléchir ?

– Je suis Hor, le fils aîné du pharaon, et j'aimerais te parler.

Certain d'avoir mal entendu, le maire se tourna vers le côté.

– J'ai horreur des plaisanteries. Je veux bien oublier celle-là, mon garçon, mais décampe immédiatement !

– Ce n'est pas une plaisanterie.

– Il est venu avec un beau et grand bateau, précisa le rouquin, et il porte un pagne neuf et des bracelets d'or !

Intrigué, le maire se releva et dévisagea son hôte. À l'évidence, il ne s'agissait ni d'un paysan ni d'un scribe ordinaire.

– Vous ne seriez quand même pas… ce que vous avez dit ?

– Bien sûr que si.

– Pardonnez-moi, je ne savais pas… Je… Je ne pouvais pas savoir ! Mais qu'est-ce qu'un personnage aussi important que vous vient faire ici ?

– Je suis à la recherche d'un magicien très âgé, du nom de Djédi. Il doit habiter dans les parages.

Le rouquin détala.

– De quoi a-t-il peur ? demanda Hor.

– Oh mais… de rien ! Il court rejoindre ses camarades de jeu. Ce gamin est insupportable, il ne m'obéit jamais. De nos jours, l'éducation des jeunes est un vrai cauchemar. Il suffit de leur dire "blanc" pour qu'ils répondent "noir" ! Avez-vous des enfants ?

– Nous évoquions Djédi.

Le maire se renfrogna.

– Ce nom m'est inconnu, tout à fait inconnu. Quelle chaleur ! J'ai de la bière au frais, souhaitez-vous la goûter ?

– Je dois retrouver ce magicien au plus vite. Peut-être l'un de tes administrés pourrait-il me renseigner.

– Ça m'étonnerait beaucoup !

– Je vais les interroger.

– Prince, vous perdez votre temps ! À la Butte aux cailles, nous avons un excellent magicien qui fabrique des amulettes bon marché, et nous en sommes très contents. Notre village est paisible, sans histoires, il paie ponctuellement ses taxes, il…

– Je n'en doute pas, mais je vais quand même interroger les habitants. Continue donc à réfléchir. »

Patient, Hor alla de maison en maison.

Bien reçu, il ne recueillait pas la moindre information. Personne ne connaissait Djédi.

Invité à dîner chez le maire qui avait mis les petits plats dans les grands, le fils du roi tenta de faire bonne figure.

« Je vous avais prévenu, prince. Mes administrés sont des gens tranquilles, ils ne songent qu'à vivre en paix sous la protection du pharaon.

– Djédi les aurait-il importunés, jadis ?

La question prit le maire au dépourvu.

– Non… Bien sûr que non.

– C'est plus que probable, appuya Hor, bien que tout le monde fasse semblant de ne pas le connaître. Supposons qu'il ait troublé la tranquillité de ce village : ne serait-ce pas la raison de ce mutisme ?

– Oh non, prince, pas du tout ! Encore un peu de purée de fèves aux oignons ? C'est la meilleure de la région, paraît-il. Mon cuisinier est inimitable. Désirez-vous dormir ici ? J'ai une chambre confortable et…

– Je préfère retourner sur mon bateau. »

La nuit était très claire. Hor contempla le manteau d'étoiles se détachant sur un fond de *lapis-lazuli*. Pendant que les humains et les animaux se reposaient, le soleil livrait un féroce combat contre les démons des ténèbres. Et sa victoire se manifesterait à l'Orient, avec l'aube nouvelle.

Hor, lui, se sentait proche de la défaite.

Il s'étendit sur son lit, sans parvenir à trouver le sommeil.

Soudain, un bruit de pas précipités sur le pont, des cris, la grosse voix du capitaine.

On frappa à sa porte, Hor ouvrit.

Le capitaine tenait le rouquin par les cheveux.

« Prince, j'ai capturé ce petit gredin ! Il était monté à bord avec l'intention de nous voler.

– Non, je vous jure que non ! protesta en gigotant le fils du maire.

– Alors, que voulais-tu ? interrogea Hor.

– Vous parler. Vous parler de ce Djédi sans que mon père le sache. Mais j'exige une récompense !

– Tu es bien jeune pour exiger.

– N'écoutez pas ce menteur, recommanda le capitaine. Il invente n'importe quoi afin d'échapper à une sévère punition.

– Viens dans ma cabine, ordonna le prince au rouquin. Moi, j'exige la vérité. Si tu mens, tu regretteras d'avoir joué la comédie.

Le gamin gardait la tête basse.

– D'après les vieux, Djédi a habité dans notre village. C'était un magicien, le plus grand des magiciens. Il savait déclencher la pluie, soigner les gens et les bêtes, parler avec les oiseaux, apprivoiser les serpents, il…

– Qu'est-il devenu ?

– Des nobles, comme vous, venaient le voir pour l'emmener à Memphis. Il refusait toujours. Comme il en avait assez d'être importuné, il est parti. Il a fait jurer aux villageois de garder le silence sur son compte. Si on le trahissait, sa vengeance serait terrible.

– Toi, tu n'as pas peur ?

– Moi, je suis trop jeune !

– As-tu une idée de l'endroit où il se serait réfugié ?

– Non, mais mon père doit le savoir.

Le rouquin leva doucement les yeux.

– Ma récompense, je peux l'avoir ?

– Je ne dirai rien à ton père, et le capitaine te donnera une paire de sandales neuves. »

Hor quitta aussitôt le navire pour se rendre à la maison du maire qu'il réveilla sans ménagement.

« Prince ! Que se passe-t-il ?

– Où se terre Djédi ?

– Je l'ignore !

– Il a habité la Butte aux cailles. Toi et les anciens savez où il réside. Que vous ayez peur de ses menaces, je le comprends, mais vous devriez redouter davantage les miennes.

– Vous… Vous n'oseriez pas faire du mal à mon village !

– Refus d'obéissance au pharaon, mensonges caractérisés, entrave à une enquête vitale pour la bonne marche de l'État… Le tribunal ne sera pas indulgent. Toi et tes complices serez condamnés à la prison à vie.

Le maire sentit son sang se glacer.

– Djédi est mort depuis longtemps, murmurèrent ses lèvres tremblantes.

– En as-tu la preuve ?

– Non, mais il était déjà très âgé quand il a quitté la Butte aux cailles.

– Où est-il allé ?

– Je l'ignore.

– Tant pis pour toi.

– C'est la vérité, je vous jure. Pourtant…

– Je t'écoute.

– Pourtant, son déménagement n'est pas passé inaperçu. Djédi possédait des milliers de papyrus et de tablettes inscrites. Deux hommes l'ont aidé. L'un est décédé, l'autre vit peut-être encore au hameau de la Lionne verte, à quelques heures de marche d'ici.

– Son nom ?

– Le Muet. »

3

Muni d'un plan très précis dessiné par le maire et accompagné de deux marins armés de gourdins, Hor s'était engagé sur la piste menant au hameau de la Lionne verte. Il regrettait de plus en plus le palais de Memphis, ses jardins ombragés, son plan d'eau où il nageait des heures durant en compagnie de sa dernière conquête avant de boire une bière fraîche de première qualité.

Poussière, chaleur et sueur remplaçaient ce paradis. Un âne robuste, répondant au nom de Vent du Sud, portait des gourdes, des galettes et des oignons. Oubliés les repas fins et les grands crus.

Trois heures de marche sous un soleil ardent, et toujours rien.

Pas de hameau, pas même une cabane de paysan.

Juste la lisière des cultures, brutalement interrompues par le désert.

« On ne se serait pas perdus ? s'inquiéta l'un des marins.

Hor consulta son plan.

– Je me suis peut-être trompé. Retournons en arrière.

Le fils aîné du roi n'était pas préparé à ce genre d'expédition dans une nature qu'il ressentait comme hostile. Et les deux marins préféraient de beaucoup parcourir le Nil.

– Là, des constructions !

Trois huttes en roseaux, une basse-cour, un puits en pierres sèches, une grange.

– Il y a quelqu'un ?

De la hutte centrale sortit un échalas maigre et mal rasé.

– Tu es bien le Muet ?

L'échalas hocha la tête affirmativement.

– Je suis Hor, le fils du pharaon Khéops.

Le paysan sourit.

– Ce n'est pas une plaisanterie. Le roi souhaite s'entretenir avec le magicien Djédi. Il m'a confié le soin de le retrouver et de l'amener au palais.

Le sourire disparut.

– Toi, tu as aidé Djédi à déménager. Tu sais donc forcément où il habite.

Avec une vigueur surprenante vu son état, l'échalas hocha négativement la tête.

– Inutile de mentir. Puisque tu ne peux pas parler, dessine dans le sable. Indique-moi immédiatement la cachette de Djédi.

Nouveau refus.

– Alors, tu vas nous y conduire.

Refus persistant.

– Tu me contrains à te faire subir un interrogatoire serré.

Le Muet croisa les bras et soutint le regard du prince, comme s'il le savait incapable d'un acte barbare.

Ce fut le moment que choisit une chatte noire pour griffer le mollet d'un des marins.

Poussant un cri de douleur, il l'attrapa par le cou.

– Ne la bats pas ! ordonna le Muet. Regarde ses yeux verts... Si tu la blesses, ils prendront la couleur du sang. Elle se transformera en lionne et te dévorera.

Prudent, le marin reposa sur le sol le petit félin qui, avant de rejoindre son maître, griffa l'autre mollet du tortionnaire.

– La Lionne verte... C'est sûrement un tour de magie que t'a appris ton ami Djédi. Au moins, tu es un muet doté de l'usage de la parole !

– Pour un fils royal, tu me parais bien peu instruit. Ignores-tu que la lionne dangereuse du Grand Sud doit être apaisée et transformée en chatte afin que perdurent la paix et la prospérité ?

– Si tu veux servir ton pays, dit Hor, guide-moi jusqu'à Djédi.

– À quoi bon ? Il refusera de te recevoir.

– Djédi est donc bien vivant !

– Un vrai magicien meurt-il un jour ? Djédi est peut-être devenu acacia, bloc de granit ou crocodile ! Même si tu le voyais, tu ne le reconnaîtrais pas.

– Laisse-moi en juger, le Muet.

L'échalas s'assit en scribe.

– Qu'est-ce que la magie ?

– Heka.

– Que signifie ce mot ?

– Le verbe qui procure de l'énergie.

– À quoi sert-il ?

– À détourner les coups du sort et à demeurer sur le chemin de Maât.

– Quel est l'équipement du magicien ?

– La formulation qui donne vie à toutes choses.

Le Muet laissa passer un long silence.

– Renvoie tes gardes du corps à leur bateau.

Hor hésita. Rester seul ne lui disait rien qui vaille. Mais avait-il vraiment le choix ?

– Partez, ordonna-t-il.

Les deux marins, eux, ne se firent pas prier.

– Pourquoi veux-tu voir Djédi ?

– Pour l'interroger à propos des chambres secrètes de Thot.

– C'est une si vieille tradition… Lui-même l'aura oubliée.

– Et toi, tu ne sais rien ?

– Moi, je ne suis qu'un gardien de porte. Je veille sur celle d'un désert d'où les profanes et les ignorants n'ont aucune chance de revenir. À ta place, je ne m'attarderais pas dans les parages et je regagnerais mes appartements douillets.

Comme chaque Égyptien, Hor redoutait les étendues désertiques, brûlées par un soleil impitoyable et peuplées de créatures dangereuses.

– Je ne suis pas un insensé, déclara-t-il, mais j'ai une mission à remplir. Le pharaon m'accorde sa confiance, j'espère ne pas le décevoir. Djédi est le seul qui puisse m'aider.

– Tu risques d'être cruellement déçu. Mieux vaudrait renoncer.

– Guide-moi, je te prie.

– Sûrement pas ! Je dois m'occuper de ma basse-cour. Va droit vers l'Est et ne quitte surtout pas la bonne piste.

– Comment la repérer ?

– Le sable est doré, doux sous le pied. À droite et à gauche, c'est le domaine des scorpions et des serpents. Au moindre écart, tu seras piqué ou mordu.

– Aurai-je une grande distance à parcourir ?

– Que la magie te soit favorable, prince. »

Se désintéressant de son sort, le Muet caressa la chatte noire aux yeux verts qui ronronna d'aise.

Vent du Sud accepta d'accompagner le voyageur téméraire. Hor jugea raisonnable de suivre l'âne qui progressa d'un pas tranquille sur un chemin presque invisible.

À l'horizon, des collines succédaient à des collines. Pas un arbre, pas une plante.

Le Muet ne s'était-il pas débarrassé du curieux en l'envoyant vers l'enfer ?

Le grison continuait à avancer, comme s'il connaissait le but du voyage.

Donc, impossible de retrouver l'itinéraire parcouru et de revenir en arrière. Hor était contraint de se fier au quadrupède qui choisit le moment et l'emplacement d'une halte.

Le vent se leva, effaçant les traces.

Quand la nuit tomba, le prince maudit son imprévoyance. Sans braises et sans aucun moyen d'allumer un feu, le jeune homme serait à la merci des prédateurs qui rôdaient dans les ténèbres.

L'âne s'accroupit et, le museau sur les pattes, goûta un repos bien mérité.

Incapable de s'assoupir, Hor guettait le moindre bruit. Il crut reconnaître le ululement des chouettes et le rire sinistre des hyènes. Dans un geste dérisoire, il empoigna du sable et le jeta au loin.

Le jeune homme avait envie de pleurer. Lui, l'héritier du royaume, était perdu en plein désert avec pour seule compagnie un âne, totalement indifférent à ses tourments ! Quel engrenage fatal l'entraînait à oublier ainsi ses points de repère ? Fallait-il que ce Djédi, vivant ou mort, fût un redoutable sorcier pour l'attirer sur son territoire !

Quand l'aube rosit les collines, Hor était épuisé et frigorifié. L'âne, lui, avait bien dormi. Et lorsqu'il repartit, le jeune homme fut bien obligé d'adopter son allure.

Alors que le soleil approchait du sommet du ciel, le prince crut être victime d'une hallucination. À l'horizon, une luxuriante oasis, plantée de grands palmiers !

Il ferma les yeux un long moment.

Quand il les rouvrit, le mirage était toujours là.

Quant à Vent du Sud, il avait pris une telle avance que le fils aîné de Khéops dut courir afin de le rattraper.

À proximité de l'oasis, un bâton de jet siffla à ses oreilles.

À un pouce près, il était mort.

L'agresseur lui fit face.

« Où vas-tu, l'étranger ?

Le Nubien, à la peau noire et brillante, avait l'air franchement hostile.

– Je cherche Djédi.

– Il n'y a personne de ce nom-là, ici.

– Le Muet m'a affirmé le contraire.

– C'est lui qui t'a servi de guide ?

– Non, c'est Vent du Sud, l'âne qui vient de pénétrer dans l'oasis.

Le Nubien éclata de rire.

– Un homme qui se laisse guider par un âne ne peut pas être tout à fait mauvais ! As-tu soif ?

– Un peu.

– Tu n'as pas d'arme, j'espère ?

– Mes intentions sont pacifiques.

– Tant mieux pour toi. »

Hor suivit le Nubien.

L'oasis était un paradis, bien irrigué par plusieurs sources. Les jardins se divisaient en petits carrés où poussaient salades, oignons et quantité d'autres légumes. Des bœufs et des vaches paissaient à l'ombre des palmes, non loin d'un troupeau de moutons occupés à désherber. Tout au long d'une treille pendaient de lourdes grappes de raisin noir.

« Quand on sort vivant du désert, estima le Nubien, il vaut mieux commencer par boire de l'eau.

Le liquide était d'une délicieuse fraîcheur.

– Préviens Djédi de mon arrivée.

– Djédi ne reçoit personne. Tu vas reprendre des forces, manger, passer une bonne nuit et repartir.

– Le pharaon Khéops doit consulter Djédi. C'est important, très important.

– Il n'y a rien de plus important que la tranquillité de mon maître. Les urgences, les soucis et les affaires d'État, ça ne le concerne pas.

– Celle-là, si.

– Tu es bien sûr de toi !

– Dis-lui que le prince Hor, fils aîné du roi d'Égypte, désire lui soumettre une requête.

Le Nubien parut impressionné.

– Tu n'es pas un ambassadeur ordinaire ! Bon, j'accepte de le prévenir. Mais ne sois pas trop optimiste. »

Hor s'étendit sur une natte et s'assoupit. Il touchait au but, sans illusions. En réalité, Djédi était si vieux qu'il ne pouvait plus se déplacer et à peine parler. Que pouvait espérer l'envoyé du monarque, sinon les bribes du discours incohérent d'un vieillard qui ne comprenait même plus les questions qu'on lui posait ?

Au fond, sa démarche était grotesque. Que ce sénile le reçoive ou non, ce n'était évidemment pas ici qu'il découvrirait le secret des chambres de Thot.

4

On le secouait.

« Réveille-toi, bon sang ! s'exclama le Nubien. Si tous les fils de roi ont le sommeil aussi lourd, la Cour de Memphis doit être un véritable dortoir.

– Je dois m'en aller ?

– Djédi t'invite à déjeuner. J'espère que tu as faim, car il n'apprécie pas les chichiteux. »

Au centre de l'oasis, une somptueuse villa était entourée d'hibiscus.

Sur les tables basses composant la salle à manger en plein air, à l'abri d'une pergola, une centaine de cruches de bière, cinq cents pains, une vingtaine de côtes de bœuf grillées, des poireaux au cumin, des lentilles à l'ail et une belle variété de gâteaux.

« Combien y a-t-il de convives ? demanda Hor.

– Deux, toi et lui. »

Apparut un colosse aux cheveux blancs qui dépassait le prince de trois bonnes têtes. En largeur auraient tenu plusieurs fils royaux de corpulence honnête.

Le front vaste, le nez fin, les lèvres charnues et le menton volontaire, l'imposant personnage éclatait de santé.

« Alors, c'est toi, le messager de Khéops ?

– Je suis son fils aîné, Hor.

– Assieds-toi et mange.

– Puis-je vous demander... votre âge ?

– Certains m'attribuent cent dix ans, l'âge des sages, mais c'est inexact. La vérité est cent neuf. Aussi n'ai-je pas encore pris une retraite définitive. La clé de cette longévité, c'est un bon appétit et le choix des meilleurs produits. Ici, nous sommes gâtés. Alors, régale-toi.

Prenant conscience qu'il mourait de faim, Hor ne se fit pas davantage prier.

– À la bonne heure ! Gringalet comme tu es, tu as besoin d'être mieux nourri. On t'affame, à la Cour ? Beaux discours et belles manières, mais ventre creux !

Cent neuf ans... C'était presque impossible mais, quel que fût son âge réel, Djédi possédait un exceptionnel tonus. Et le prince ne parvint pas à rivaliser avec son hôte qui prenait un plaisir évident à déguster les mets.

– Si tu grignotes, mon garçon, tu n'iras pas loin. Ma bière ne te convient pas ?

– Je n'en ai jamais bu de meilleure, mais je souhaite garder les idées claires.

– Parce que tu as des idées ! Donne-moi un exemple.

– Le pharaon désire vous voir.

– Ce n'est pas le premier et ce ne sera pas le dernier. Moi, je ne veux voir personne, à l'exception des braves paysans qui entretiennent cette oasis. Puisque tu es ici, je constate que les habitants de la Butte aux cailles n'ont pas su tenir leur langue.

– J'ai forcé le maire à me mettre sur la piste du Muet.

– Te serais-tu montré violent ?

– Je me suis contenté de l'effrayer.

Djédi tapa du poing sur la table.

– Toi, effrayer quelqu'un ! Tu es drôle, mon garçon, et j'apprécie les plaisantins. Pourquoi le Muet t'a-t-il laissé passer ?

– Sans doute à cause de mon âne. Lui savait où il allait.

Les éclats de rire du colosse firent trembler les hibiscus.

– Tu me plais bien, Hor ! Et tu as forcément donné au Muet des réponses correctes dont tu ne te vantes pas. D'habitude, les diplomates sont prétentieux, compassés, ennuyeux et stupides. Ils se complaisent dans leurs formules alambiquées et profèrent tellement de mensonges qu'ils ne savent même plus ce qu'ils pensent. Toi, tu as l'air sincère.

– Je désire réussir ma mission.

– En quoi consiste-t-elle exactement ?

– Je vous le confirme : vous amener auprès de mon père, le pharaon Khéops.

– Pas question, je ne bouge plus d'ici ! Que me veut-il donc, ton auguste père ?

– Vous questionner à propos des chambres secrètes de Thot.

Djédi cessa de boire et de manger.

– Qui lui en a parlé ?

– L'archiviste en chef et les ritualistes de Memphis.

– Le roi n'a donc pas besoin de moi.

– Si, car il ne dispose d'aucun détail ! Combien y a-t-il de chambres, comment sont-elles disposées, à quoi servent-elles ?

– Le mystère reste le mystère. Ce qui s'y cache ne doit pas en sortir.

– Je suis allé à Hermopolis, la cité de Thot, et je n'ai rien trouvé.

– Tu ne me surprends pas.

– La connaissance de ces chambres est indispensable au pharaon, précisa Hor.

– Qu'en ferait-il ?

– Elles seraient le modèle du dispositif interne de la grande pyramide qu'il compte édifier sur le plateau de Guizeh.

Djédi vida une nouvelle coupe.

– Une pyramide… Excellente idée. La tradition doit être maintenue et l'œuvre de Snéfrou servir de modèle.

– Cette pyramide sera la plus grande jamais construite. Or, sans la présence des chambres de Thot, elle ne verra pas le jour. Telle est la conviction de Sa Majesté.

Le colosse prit un temps de réflexion, les yeux fermés, comme s'il recueillait un élément vital dans l'invisible.

– Khéops a raison, conclut-il. C'est en effet la seule architecture intérieure qui permettra à un tel monument d'abriter son *ka*, son énergie immortelle, et de la faire rayonner.

– Alors, vous acceptez de l'aider ?

– À mon âge, on ne recherche que la quiétude. Et c'est l'heure de la sieste.

– Pourrais-je voir votre bibliothèque ?

– As-tu suivi des études sérieuses ?

– J'ai recopié les grands textes classiques, j'ai…

– Rédige donc les premières maximes de Ptah-Hotep sur cette tablette. L'écriture d'un être en dit plus long sur son âme que de beaux discours.

Se reprochant d'avoir trop bu, le prince eut cependant la main ferme et la mémoire alerte.

Calé dans un monumental fauteuil, les mains sur le ventre, Djédi jeta un œil à l'exercice.

– J'ai vu meilleur, mais également pire. Puisque tu ne sembles pas complètement ignare, je t'autorise à découvrir mon trésor.

Une bonne moitié de la vaste demeure du magicien était une bibliothèque dont la richesse stupéfia le prince. En lisant les titres des livres réunis dans ce sanctuaire des hiéroglyphes, il constata que Djédi avait rassemblé un savoir d'une ampleur inouïe. Astronomie, astrologie, magie, alchimie, médecine, géométrie, architecture… Rien ne lui échappait.

– Je passerais bien le reste de mon existence à déchiffrer ces merveilles ! s'exclama Hor.

– À ta guise, mon garçon, mais je ne suis pas certain que cette démarche plaira à ton père. Moi, je vais dormir. La sieste, elle aussi, se révèle indispensable à la santé.

Pendant que le colosse se retirait, Hor consultait avec précaution quelques papyrus uniques.

Ne voyant pas les heures s'écouler, il ne cessa de lire qu'au moment où l'obscurité envahit la bibliothèque.

– Le dîner est prêt, annonça le Nubien.

Ce repas-là était un peu plus léger, mais relevé d'un vin rouge qui ne manquait pas de corps.

– Des résultats ? demanda Djédi.

– J'ai parcouru le grand livre de Thot, celui qui a été découvert sous une pierre tombée du ciel, à Hermopolis, mais il ne mentionne aucune chambre secrète.

– Peut-être as-tu manqué d'attention. Lis et relis.

Djédi appela le Nubien.

– Une autre clé de la parfaite santé, expliqua Djédi, c'est un massage quotidien. Et j'ai ici un expert.

Le colosse s'allongea sur le ventre. Le Nubien l'enduisit d'une pommade qui assouplissait les chairs, effaçait les contractures et facilitait la circulation de l'énergie dans les canaux lymphatiques. Puis il massa les mains, les pieds, les mollets, le dos et la nuque du magicien avec des gestes tantôt amples, tantôt précis.

– Êtes-vous le seul à connaître les chambres secrètes de Thot ? interrogea Hor.

– D'abord, je n'ai jamais prétendu que je les connaissais ; ensuite, je déplore le nombre d'amateurs et de vantards. Mais l'humanité est ainsi faite : elle parle beaucoup et agit peu.

– Vous savez bien que la pyramide royale ne sera pas érigée sans votre aide et que cette construction est vitale pour notre pays.

– Sur ce dernier point, tu ne te trompes pas. Mais je n'ai plus envie de voyager et de me rappeler ce qu'il vaut mieux oublier.

– S'il faut braver des dangers, je suis prêt !

Djédi sourit.

– Pour un prince royal, tu es plutôt sympathique. Mais tu devras apprendre à ne pas t'engager à la légère. Encore une autre clé pour la santé : une longue nuit de sommeil.

– Puis-je retourner à la bibliothèque ?

– Elle t'est ouverte. »

Des mèches utilisées par le magicien dans ses lampes à huile, ne se dégageait aucune fumée. Grâce à une excellente lumière, Hor lut un maximum de papyrus consacrés à l'œuvre de Thot et à l'enseignement qu'il avait dispensé aux sages.

Pas une seule mention des chambres secrètes.

Au petit matin, découragé, le prince sortit de la bibliothèque. L'oasis était paisible, hors du temps. Quelle tentation de s'arrêter là, de devenir paysan, de faire pousser des légumes et d'oublier le monde extérieur ! Mais le pharaon lui avait confié une mission, et il ne se comporterait pas comme un fuyard.

« Si tu veux te rincer la bouche, te laver et prendre un petit déjeuner, il vaudrait mieux te dépêcher, l'avertit le Nubien.

– Pour quelle raison ?

– Parce que Djédi est prêt à partir. »

5

Vent du Sud, chargé de gourdes et de fourrage, marchait devant. Mais il ne suivait pas le même chemin qu'à l'aller.

« Ne se trompe-t-il pas ? suggéra Hor, inquiet.

– Il prend un raccourci, répondit Djédi.

– Mais… Les scorpions et les serpents !

– Depuis le temps que je les fréquente, je ne les crains plus.

– Moi, en revanche…

– Un bon magicien devrait pouvoir te sauver, sauf si tu es victime de la vipère à cornes ou du cobra noir quand il dispose d'un maximum de venin.

– La piste que j'ai empruntée à l'aller ne serait-elle pas préférable ?

– À ton âge, mon garçon, il ne faut pas devenir esclave des habitudes. »

Les yeux rivés sur le sable, Hor tentait de discerner la moindre présence suspecte. Par bonheur, le pas puissant du colosse provoquait de telles vibrations que le reptile le plus teigneux déguerpissait, terrassé par une violente migraine !

Au hameau de la Lionne verte, le Muet avait préparé un déjeuner pour une dizaine de convives.

Djédi lui donna l'accolade, au risque de lui briser les os.

« Vous aviez prévu que le magicien accepterait de m'accompagner ? s'étonna le prince.

– Djédi a un grand cœur, et il ne supporte pas les victoires d'*isefet*.

Isefet, l'opposé de Maât, symbole de la rectitude, de la vérité, de la justice et de l'harmonie. *Isefet*, un mot neutre, une force de pourrissement et de destruction qui n'appartenait pas au monde des divinités et n'avait aucune représentation figurée. *Isefet*, la tendance naturelle de l'être humain à commettre le mal.

– Si je comprends bien, avança Hor, ne pas révéler au pharaon l'emplacement des chambres secrètes de Thot serait une faute grave, relevant du domaine d'*isefet* auquel Djédi refuse de se soumettre.

– Quelque chose dans ce genre-là, murmura le Muet, pendant que le magicien se régalait de galettes chaudes fourrées aux fèves. De plus, il aime les défis. Et celui-là…

– Au lieu d'écouter des stupidités, intervint Djédi, viens donc manger. Quand on voyage, il faut de la nourriture qui tienne au corps. »

Le colosse ne rogna pas sur sa sieste. Impatient, Hor faisait les cent pas, sous la surveillance de la chatte aux yeux verts.

Enfin, le moment du départ !

« Allons jusqu'au fleuve ? proposa le prince. Mon bateau nous emmènera jusqu'à Memphis. »

L'âne choisit un nouveau raccourci à travers les cultures. Dans cette campagne verdoyante, Hor se sentait plus à l'aise que dans le désert.

Quand ils s'approchèrent d'un groupe de cultivateurs, ceux-ci les regardèrent avec des yeux ébahis. Puis, abandonnant leurs outils, ils s'enfuirent à toutes jambes.

« Vous semez la terreur, constata Hor.

– Je ne crois pas, rétorqua le colosse.

– Ce n'est tout de même pas moi qui effraie les paysans !

– Toi, non. Mais celui qui te suit, oui. Et pas seulement les paysans, tu verras. »

Un rugissement alerta le prince. Le son était si grave, si profond, si impérieux... Non, impossible !

Hor se retourna.

Un lion.

C'était bien un lion, énorme, dont la crinière semblait émettre des reflets verts.

« Le fidèle mari de la lionne verte, expliqua Djédi. Je ne suis jamais parti en voyage sans lui. Il est susceptible, ombrageux et n'obéit qu'à moi. Si tu ne le vexes pas, tu n'as rien à craindre. »

Jusqu'au fleuve, le même spectacle se répéta : dès qu'un paysan apercevait le fauve, il détalait. Toute la région saurait bientôt qu'un monstre venu du désert menaçait la population. Au fils aîné de Khéops de la rassurer en envoyant un héraut dans chaque village.

Décidément, Djédi ne lui facilitait pas la tâche.

*

« Voici le prince, annonça le marin qui réparait la voile au sommet du mât principal. Mais… Il n'est pas seul ! Il est accompagné d'un âne, d'un géant et… d'un lion qui va les dévorer !

Le capitaine haussa les épaules.

– Il n'y a pas de lion dans nos campagnes. Deux jours d'arrêt de rigueur pour ivrognerie.

– C'est vraiment un lion, capitaine, un énorme fauve !

Aux cris de panique des autres membres de l'équipage, le capitaine dut admettre qu'un danger menaçait.

– Ôtez la passerelle, ordonna-t-il.

– Vous n'avez rien à craindre, clama Hor.

– Derrière vous, le lion !

– Il est domestiqué et obéit à son maître, le magicien Djédi. Si ce fauve était sauvage, il nous aurait dévorés, l'âne et moi. »

L'argument porta.

On remit la passerelle en place.

Quand le lion l'emprunta en grognant, l'équipage fut tout de même tétanisé.

Une caresse du sculptural Djédi calma l'animal qui s'installa à l'ombre de la cabine centrale.

Le magicien pointa l'index vers un barbu, debout près du gouvernail.

« Toi, tu es un homme mauvais.

– Lui ? s'indigna le capitaine. Voilà plus de quinze ans que nous naviguons ensemble !

– Voilà trop longtemps qu'il est ton subordonné. Il ne le supporte plus. Cette fois, il a décidé de saboter le gouvernail et de transformer ce voyage en catastrophe. Tu seras humilié et licencié, capitaine.

L'officier s'approcha de son collègue.

– C'est faux, n'est-ce pas ?

Le marin se collait au gouvernail.

– Écarte-toi.

– Pas question ! »

Djédi prit le barbu par l'épaule, le souleva comme s'il ne pesait pas davantage qu'un sac vide et le jeta dans le fleuve.

L'examen du capitaine le consterna : le gouvernail avait bien été saboté !

« Il nous faut un spécialiste capable de fabriquer une pièce de rechange, constata le capitaine.

– Inutile, je m'en occupe. Repêchez ce malfaisant et ligotez-le. J'espère que le tribunal ne sera pas indulgent. Nous partirons dans deux heures quand la réparation sera effectuée et lorsque le courant se renforcera.

– Pour le reste de mon équipage...

– Deux crétins, un paresseux et un incapable. Les autres sont dans la moyenne. Notre voyage sera paisible.

Le capitaine suivit les consignes du magicien et s'en porta bien.

– Désirez-vous vous installer dans ma cabine ? proposa Hor.

– Heureuse idée, mon garçon. »

Le colosse fit gémir le lit et s'endormit aussitôt. Le lion vert se coucha en travers de la porte, interdisant à quiconque de troubler le repos de son maître.

Médiocrement rassurés, les rameurs tournaient souvent la tête vers le fauve.

– « Êtes-vous certain que nous ne courons aucun danger ? demanda le capitaine au fils aîné de Khéops.

– Pas du tout. Djédi est imprévisible, et je crains que cet animal ne lui ressemble. L'essentiel, paraît-il, est de ne pas le vexer. »

Ce fut dans une atmosphère plutôt pesante que le bateau vogua vers la capitale.

Pressés d'arriver, les rameurs soutinrent une cadence rapide.

6

Au moment de l'accostage, le lion bâilla et s'étira, puis gratta à la porte de la cabine avec ses griffes.

En sortit un Djédi au visage reposé qui jeta aussitôt un œil sur le quai.

« Qu'on m'amène une chaise à porteurs, exigea-t-il. Je déteste marcher dans les rues d'une ville. »

Sentant que le magicien ne plaisantait pas, Hor interpella un militaire en faction et lui ordonna d'alerter son supérieur pour que le nécessaire soit fait au plus vite.

Accoudé au bastingage, le magicien paraissait dépité.

« Plus les villes grandiront, prédit-il, plus l'humanité sera malheureuse. Les gens s'y entasseront les uns sur les autres, ils oublieront le message de la nature, avec ses bontés et ses cruautés, et ils se composeront un monde artificiel où seule comptera la compétition. Toujours plus de quais, de bateaux, de maisons, de badauds, d'insatisfaits, de révoltés… Parfois, je suis content d'être âgé et proche de la mort. »

Six costauds déposèrent au pied de la passerelle une magnifique chaise à porteurs en bois d'ébène doré.

Djédi s'y installa.

Les costauds furent incapables de le soulever.

« Mettez-vous à dix, recommanda-t-il. Naguère, ce n'étaient pas des avortons que l'on chargeait de ce genre de travail. »

Tout Memphis fut bientôt averti que le meilleur magicien du pays, âgé de cent dix ans et accompagné d'un lion vert, se dirigeait vers le palais royal.

Chacun voulut le voir passer, et même les commerçants abandonnèrent leurs échoppes afin de ne pas rater le spectacle. Bientôt, un long cortège suivit la chaise à porteurs qui traversa le quartier des temples pour atteindre la résidence du pharaon.

Épuisés, les porteurs déposèrent leur lourd fardeau devant l'entrée principale que gardaient des soldats armés de lances.

« Je vais prévenir moi-même mon père de votre arrivée.

– Il est déjà au courant.

De fait, un chambellan accourut et se prosterna devant le colosse.

– Sa Majesté recevra le grand magicien Djédi dans sa salle d'audience.

– Toi, tu mens comme tu respires et tu finiras par t'étouffer. Ne réapparais plus devant moi, ou bien je te donne à mon lion.

Blême, le chambellan s'éclipsa.

– Il y en a beaucoup de ce genre-là, au palais ?

– Quelques-uns, reconnut Hor.

– Que le pharaon soit accablé de travail, je l'admets. Mais toi, au lieu de courir les filles, ne pourrais-tu entreprendre un nettoyage salutaire ? Un cloporte visible, cent de cachés. Et ils se reproduisent vite.

– J'y songerai, promit le prince. Je vous précède. »

Djédi apprécia l'austérité du palais. Une géométrie maîtrisée, des espaces lumineux, aucune fioriture.

Deux scribes ouvrirent la porte de la salle d'audience.

Le colosse s'inclina devant le roi, assis sur un siège en pierre dont les pieds avaient la forme de pattes de taureaux.

« Je vénère le pharaon, le grand temple où prennent place les puissances créatrices, le garant de Maât et le bon berger de son peuple.

Khéops arborait un visage rude et sévère. Pendant un long moment, il jaugea son hôte.

– Ta réputation est exécrable, Djédi.

– Et méritée, Majesté.

– Pourquoi avoir toujours refusé de travailler au palais ?

– Parce qu'il est rempli de jaloux, d'inutiles et de corrompus. Non content de les détester, j'aurais une fâcheuse tendance à les éliminer. Aussi est-il préférable que je vive dans la solitude.

– Tes pouvoirs magiques sont-ils aussi étendus que la rumeur le prétend ?

– Éprouvez-moi.

– Hor, amène-nous le condamné à mort que des policiers retiennent dans l'antichambre.

L'homme était un Syrien, coupable d'assassinat. Reconnaissant les faits, il ne manifestait aucun regret.

– On va couper la tête de ce criminel, annonça le monarque, et tu la replaceras sur son cou afin qu'il revive.

– Cette expérience ne saurait être pratiquée sur un humain, objecta Djédi, car il appartient au troupeau de Dieu. Que la justice suive son cours et le punisse pour sa faute. Aucune magie ne doit s'en mêler.

– Serais-tu aussi réticent envers une oie ?

– Contrairement aux humains, nul animal ne trahit la fonction que Dieu lui a confiée. La magie permet de communiquer avec tous les animaux, fussent-ils dangereux. C'est pourquoi je peux les secourir.

Un serviteur apporta le corps d'une oie et sa tête tranchée.

Djédi invoqua le dieu Amon, "le caché", dont le volatile était l'incarnation, puis il magnétisa longuement les yeux morts de la victime.

– Que ce qui était epars soit réuni, exigea-t-il en recollant le cou au reste du corps. Puis il imposa les mains jusqu'à ce que le sang circule à nouveau.

Sidéré, Hor vit l'oie animée de soubresauts de plus en plus intenses. Elle lança un regard de reproche au roi, avant d'émettre une série de caquètements peu protocolaires et de partir vers la fenêtre donnant sur un jardin en se balançant d'une patte sur l'autre.

– Ce qui était caché a été dévoilé, conclut le magicien.

– La taille et le poids peuvent contrarier ton art, estima Khéops. Seras-tu aussi efficace avec un taureau ? »

Djédi ne protesta pas.

Choqué, Hor vit pénétrer six bouchers dans la salle d'audience. Quatre portaient la dépouille d'un quadrupède, deux autres sa lourde tête.

De nouveau, Djédi utilisa son magnétisme pour entrer en contact avec l'esprit de la bête et cautériser les chairs. Cette fois, il invoqua le *ka*, la puissance créatrice transmise de pharaon en pharaon, dont le taureau était le représentant animal.

« Puisse le *ka* ne pas nous manquer, pria-t-il. Qu'il soit présent dans notre pensée comme dans nos actes. »

Djédi posa la lourde tête sur le cou massif.

Ils s'assemblèrent à la perfection, mais les yeux du taureau demeurèrent inertes. Hor craignit que le magicien n'eût échoué.

Le colosse utilisa une amulette en forme de sceptre *ouas*, « la vigueur », et la passa longuement sur la bouche, les paupières et les oreilles de l'animal.

Et la vie revint.

D'abord, le taureau tira la langue et se lécha le museau. Puis, tel un nouveau-né malhabile, il se mit debout en tremblant.

Djédi le gratifia d'une caresse avant que les bouchers ne l'entraînent au dehors.

« Tu es bien le plus grand magicien d'Égypte, reconnut le roi. Ta science est immense, tu dois donc pouvoir m'aider.

– Je crains que non, Majesté.

– Mon fils t'a-t-il expliqué la raison pour laquelle je désirais te voir ?

– Le prince Hor ne m'a rien caché, semble-t-il.

– Connais-tu l'emplacement et le nombre des chambres secrètes de Thot ?

– Je l'ignore et je ne l'ignore pas.

– Sois plus explicite !

– Afin de percer les mystères de la magie, l'adepte doit suivre les chemins de Thot et recueillir son enseignement. C'est ainsi que j'ai été formé. J'ai donc traversé les espaces du dieu, mais ils ne sont pas restés gravés dans ma mémoire, conformément aux exigences de mon maître. Je ne les connais donc que dans mon cœur et dans ma pratique, non de manière mentale. Cette science-là ne doit pas être dévoilée.

– Crois-tu que la construction de ma pyramide la galvauderait ? En inscrivant la sagesse de Thot dans la pierre, je ne la trahirai pas, mais la transmettrai pour les siècles des siècles. Les magiciens de demain et d'après-demain auront sous les yeux l'enseignement nécessaire à l'accomplissement de leur tâche. De plus, aucun risque de déformation, car ce seront le granit et le calcaire qui effectueront cette transmission. Contrairement aux humains, la pierre ne bavarde pas, ne ment pas, ne trahit pas. La pierre parle le Verbe qui l'a créée. Si tu souhaites que le secret des chambres de Thot ne soit pas perdu, trace avec moi le plan de ma pyramide.

Djédi ne manifestait aucune émotion, mais le prince sentit que les arguments du monarque ne le laissaient pas indifférent.

– Nommer ces chambres et leur donner une réalité tangible sont des actes dangereux, Majesté. À mon âge, je n'aspire qu'au repos et à la tranquillité.

– Je comprends enfin pourquoi tu as toujours refusé de devenir le supérieur des magiciens d'Égypte ! Tu savais que le roi te demanderait tôt ou tard de remplir cette périlleuse mission. Aujourd'hui, c'est le cas.

– Suis-je libre de refuser ?

Hor frissonna.

Si puissant fut-il, Djédi ne pouvait s'opposer à la volonté du pharaon.

– Agis selon Maât, recommanda Khéops. Tu connais les enjeux ».

Le roi se retira.

« Tu aurais pu être foudroyé ! déclara le prince.

– Si nous allions manger ? Ces expériences m'ont affamé ! J'espère que la cuisine du palais est digne de son architecture. »

Dans un salon cossu, un intendant et des serveurs s'affairaient déjà.

Un échanson servit du vin blanc dans des coupes en albâtre.

Djédi empoigna la sienne et en jeta le contenu au visage de l'échanson.

Comme s'il venait d'être brûlé par une flamme, ce dernier poussa un hurlement.

« De l'eau, vite, de l'eau !

– Si tu parles, je te guéris. Qui t'a ordonné de m'empoisonner ?

– Le magicien en chef, Aber !

– Cette crapule sévit encore ! Quand j'aurai fait ma sieste, je m'occuperai de lui.

Djédi posa son énorme main sur le visage du brûlé. Quelques minutes plus tard, il ne restait plus trace des blessures.

– Va prévenir ton patron et recommande-lui de se préparer au combat.

L'échanson décampa.

Un autre, tremblant, lui succéda.

– Qu'est-ce que tu attends, toi ? Sers-nous à boire !

– Auriez-vous fréquenté Aber ? demanda le prince.

– Ça, tu peux le dire ! Un gros travailleur que l'ambition a pourri. Il était prêt à tout pour obtenir une haute fonction et il a oublié que la magie impliquait la rectitude. Décidément, cette Cour est bien mal famée. Comme j'avais raison de m'isoler dans mon oasis et comme j'aurais raison d'y retourner au plus vite !

Djédi goûta les filets de perche du Nil.

– Convenable, comme hors-d'œuvre. Mange, Hor. Sinon, tu dépériras et ne me seras d'aucune utilité. »

Ces paroles étant porteuses d'espoir, le prince retrouva un peu d'appétit. Djédi, lui, n'avait pas perdu le sien.

Il attaquait son troisième dessert, une sorte d'île flottante, lorsqu'un personnage dodu, aux cheveux très noirs plaqués sur son crâne rond, fit irruption dans le salon.

« Je ne suis pas ravi de te revoir, Djédi !

– Ah non, pas toi ! Tu vas me gâcher la digestion, Aber. Surtout, ne t'assieds pas. Tu n'es pas notre invité.

– Ne t'attarde pas une minute de plus dans ce palais. Ici, c'est moi qui suis chargé de la magie d'État. Le roi est satisfait de mon travail. N'espère surtout pas prendre ma place.

Le colosse vida une coupe de vin de fête, titrant une quinzaine de degrés, afin de se pacifier le foie d'où provenait le type d'énergie qu'il comptait utiliser.

– Tu as toujours été un goujat et un malpoli, Aber. J'ai horreur de me battre avant ma sieste, mais tu ne me laisses pas le choix. »

Hor crut que les deux hommes allaient se jeter l'un sur l'autre. Au contraire, ils s'écartèrent au maximum.

Aber tendit les bras. De la paume de ses mains dirigées vers le géant jaillit un éclair qui frappa Djédi en pleine poitrine. Comme s'il s'était taché, le colosse s'essuya avec une serviette blanche.

« Toujours aussi tordu, mon pauvre Aber. Rien de plus efficace dans ton arsenal ?

Le potelé s'empara d'un coussin, le transforma en poignard et le lança.

Dans la main de Djédi, il se réduisit à un morceau de tissu déchiré.

– Tu confonds la magie avec la fantasmagorie ! Si tu en es capable, rentre dans le mur et disparais. »

Aber tenta de s'enfuir, mais un étau enserra ses jambes et le bloqua sur place.

Ce fut au tour de Djédi de tendre les bras.

De la paume de ses mains, Hor vit sortir de l'énergie sous forme de lignes brisées de couleur bleue qui touchèrent les reins d'Aber et le renversèrent.

En tombant sur le nez, le vaincu poussa le cri d'un cochon qu'on égorge.

« Débarrasse-nous de cet incompétent, demanda Djédi au prince. Aussi longtemps qu'il hantera le palais, je ne donnerai pas ma réponse au pharaon. »

7

La venue de Djédi aurait au moins une conséquence heureuse : la remise en ordre d'une administration qui prenait un peu trop ses aises. Délaissant les mondanités, Hor s'était occupé de lui signifier clairement ses devoirs. Avec Aber, toute une clique de parasites avait disparu.

Aux yeux des courtisans, le fils aîné du roi n'apparaissait plus comme un aimable courtisan, mais comme un gestionnaire scrupuleux qu'il ne serait pas facile d'abuser.

Alors qu'il terminait la rédaction d'un décret concernant l'irrigation, une jeune femme se glissa dans son bureau.

« J'avais interdit qu'on me dérange !

– Même moi ?

– Même toi. »

Céleste ne ressemblait pas aux conquêtes du prince. D'abord, elle n'était pas sa maîtresse ; ensuite, elle n'en faisait qu'à sa tête et ne se privait pas de le critiquer.

« Aurais-tu pris goût au travail ?

– Des urgences.

– Le prince Hor, conscient de ses hautes responsabilités ! Ton ami magicien accomplit des miracles.

– Je n'ai pas eu besoin de Djédi pour comprendre la nécessité de certaines réformes.

– Avec un tel comportement, tu ne seras plus sujet à plaisanteries. À voir ta tête, il est évident que tu as beaucoup changé. Aimerais-tu néanmoins dîner avec moi ?

– Désolé, je suis trop occupé.

– Dommage… Je te réservais une surprise. »

Céleste était jolie. Très jolie. Elle jouait d'une élégance innée et séduisait avec un parfait naturel auquel personne ne résistait.

Pourtant, on ne lui connaissait aucun amant.

« Accorde-moi un délai de grâce : demain soir.

– Le moment est juste ou bien il ne l'est pas. Adieu, prince. »

Hor faillit se lever pour l'empêcher de partir, mais c'eût été faillir à sa dignité.

Céleste possédait toutes les qualités requises pour entrer dans la famille royale, et c'était la première fois que le fils aîné de Khéops songeait au mariage. Mais ne devait-il pas d'abord faire ses preuves d'homme d'État ?

Ce fut au tour de Djédi de l'interrompre dans son travail.

« Emmène-moi chez le roi.

– Ne peux-tu patienter jusqu'à demain ?

– Je peux aussi repartir tout de suite. »

Hor abandonna le décret.

D'une des fenêtres du palais, il aperçut une procession qui se dirigeait vers le temple d'Hathor.

Derrière le maître des cérémonies, Céleste.

« Elle, initiée aux mystères de la déesse ! Qui l'aurait imaginé ?

– Es-tu certain de bien connaître les femmes ? demanda Djédi, amusé.

– Elle vient de m'inviter à dîner, et la voilà qui est admise dans un temple ! Aucune autre ne s'est moquée de moi à ce point.

– Elle te conviait au banquet marquant la fin du rituel, une marque de confiance que tu viens bêtement de refuser en ne songeant qu'à la gaudriole. Tu as encore beaucoup à apprendre. »

Irrité, Hor marcha rapidement jusqu'aux appartements du monarque, suivi de Djédi.

Le pharaon ne fit pas attendre le magicien.

« As-tu pris ta décision ?

– Depuis l'expulsion d'Aber et d'un certain nombre de parasites, de meilleures ondes circulent dans ce palais où votre fils, malgré son inexpérience, fait du bon travail. Auparavant, je redoutais les oreilles indiscrètes. Maintenant, nous pouvons parler. Êtes-vous certain de vouloir percer le mystère des chambres de Thot ?

– N'admets-tu pas toi-même qu'elles fourniront le plan de ma pyramide ?

– Ne serait-il pas préférable de modifier votre projet ?

– J'ai eu la vision de cette pyramide. Y renoncer serait priver l'Égypte d'un émetteur de lumière dont elle a besoin.

– J'espérais et je craignais ces paroles. Depuis que le roi Djéser a bâti sa pyramide à degrés, ses successeurs ont développé cette tradition. Chaque monarque l'a incarnée selon son génie propre, en fonction de l'harmonie du moment et du plan d'œuvre fixé par les dieux. Je me doutais bien qu'un jour ou l'autre, un roi voudrait s'inspirer de l'architecture des chambres de Thot. Voilà la véritable raison pour laquelle je me tenais éloigné de la Cour. Tout magicien que je sois, les aventures ne m'attirent pas, surtout celle-là. Même les meilleurs ont échoué.

– Le danger ne m'effraie pas.

– Ce n'est pas vous qui l'affronterez, Majesté. En cas d'échec, le pays ne doit pas être emporté dans la tourmente. Seule votre présence l'évitera.

– En cas de conflit, un pharaon se doit de marcher à la tête de ses troupes.

– Il ne s'agit pas d'une guerre ordinaire ! Si les anciens voyants ont dissimulé les chambres de Thot, c'est parce qu'ils redoutaient la profanation de leur message et sa mauvaise utilisation. L'édification de la pyramide qui les abritera me rassure, car elles resteront cachées tout en étant visibles. Même si la barbarie envahit l'Égypte, même si des pillards souillent ces chambres, ils ne les dénatureront pas. Quelles que soient les circonstances, elles continueront à émettre, jusqu'au moment où le fanatisme et la bêtise les détruiront, du moins sur cette terre. Car leur modèle céleste, lui, restera hors de portée des humains.

– Tu acceptes donc de m'aider ?

– Je ne vous garantis pas le succès.

– Où se trouvent les chambres secrètes de Thot ?

– Je l'ignore, mais je connais le moyen de le savoir. Les anciens voyants ont enfermé leur science à l'intérieur d'un coffre en silex déposé dans la plus ancienne des villes saintes, Héliopolis, cité du dieu de la lumière et du pilier primordial. Sans doute y est-il encore dissimulé.

– Désires-tu un ordre écrit de ma main qui te donnera libre accès au site ?

– Il me servira à pénétrer dans le temple. Ensuite, je me heurterai à un redoutable gardien, le supérieur des prêtres, celui qu'on appelle le Grand Voyant.

– Pourquoi refuserait-il de te remettre ce coffre ?

– Parce qu'il a juré de l'oublier. Et la parole donnée ne se reprend pas.

– Alors, il te faudra le convaincre !

– Inutile d'essayer, Majesté. Je devrai déjouer certains pièges et mettre moi-même la main sur ce trésor.

– Quelles sont tes chances ?

– Bien faibles ! Ensuite, à supposer que je parvienne à ouvrir le coffre et à déchiffrer les indications fournies par les documents qu'il contient, d'autres difficultés se présenteront.

– Quelle aide puis-je te procurer ?

– Des démons mâles et femelles m'attaqueront pour m'empêcher de parcourir les chambres. J'aurai donc besoin d'un jeune homme et d'une jeune femme qui n'hésiteront pas à risquer leur vie.

– Je suis volontaire, déclara Hor.

– Tu es le fils aîné du roi !

– Précisément. Nul autre que moi ne saurait être désigné pour participer à la réalisation d'une œuvre royale. C'est la pyramide de mon père qui est en cause, et nulle autre existence que la mienne ne doit être mise en péril.

Le pharaon approuva.

– Reste pourtant à trouver ta compagne, rappela Djédi, et sans lui mentir sur le danger qu'elle courra.

– N'ai-je pas été invité à un banquet exceptionnel ? »

*

Céleste était toujours aussi jolie, mais beaucoup plus grave. Les rites qu'elle venait de vivre à l'intérieur du temple d'Hathor lui avaient dévoilé des réalités qu'elle ne soupçonnait pas. Malgré les exigences de sa nouvelle condition de prêtresse, elle éprouvait un grand bonheur. Loin de la niaiserie de ses ex-amies, uniquement préoccupées de leur maquillage et de leur succès auprès des garçons, elle approfondirait sa connaissance des mystères.

Un hôte de marque honorait le banquet rassemblant les serviteurs de la déesse : le fils aîné du pharaon.

Au terme des festivités, Hor s'approcha de Céleste.

« Tu es radieuse.

– Ainsi, tu as pu te libérer !

– Ta surprise est très réussie. J'en ai une autre à te proposer.

La jeune fille devint méfiante.

– J'aurai un travail intense, dans ce temple. Et c'est à lui que je compte me consacrer.

– Et si je t'offrais une mission plus périlleuse ?

Céleste sourit.

– J'avoue que tu piques ma curiosité. Ai-je le droit d'en savoir plus ou dois-je répondre d'instinct ?

– Le magicien Djédi et moi partons à la recherche d'un secret bien défendu. Il nous faut une assistante.

– Quel sera son rôle ?

– Je l'ignore, de même que le mien. Tout ce que je sais, c'est qu'il faudra lutter contre les démons des ténèbres et que nous risquons d'y perdre la vie.

– C'est ennuyeux, déplora Céleste. Et qu'aurions-nous à gagner ?

– La construction de la grande pyramide de Khéops.

Elle posa l'index sur ses lèvres et réfléchit longuement.

– Vu le flou de cette tâche et l'inexistence des garanties, je te crois sincère. C'est pourquoi j'accepte. »

*

Dès le lendemain matin, Hor présenta Céleste à Djédi.

En l'apercevant, le lion vert, couché devant la porte de la chambre du magicien, ne rugit pas. Sans crainte, la jeune femme le caressa.

Au moment où le prince frappait à la porte, Djédi apparut derrière lui.

« Vous... Vous n'avez pas dormi dans votre chambre ?

– J'ai exploré ce palais pour savoir s'il n'y rôdait pas encore quelques esprits pervers, capables de nous causer des ennuis. Tu sembles avoir correctement nettoyé l'endroit. »

Quand les yeux du colosse se posèrent sur Céleste, elle se sentit minuscule. Néanmoins, elle n'eut pas peur. Ce regard-là ne lui voulait aucun mal.

« Le prince t'a-t-il suffisamment mise en garde, jeune fille ?

– Oh, il n'y a rien d'autre à redouter qu'une mort brutale !

– À ton âge, n'est-ce pas effrayant ?

– Je suis un peu terrorisée, mais je tâcherai de ne pas le montrer. Et puis j'ai tellement envie d'affronter l'invisible ! Sans compter ma participation à la naissance d'une pyramide… Tout cela semble plus exaltant que l'existence ennuyeuse d'une coquette et même d'une simple prêtresse d'Hathor.

– Hmmm… Tu es aussi inexpérimentée que le prince, mais ça vaut peut-être mieux. Des cerveaux tortueux échoueraient à coup sûr.

Céleste regarda Djédi avec des yeux critiques.

– Maintenant que j'ai fait semblant de croire à cette histoire, dites-moi la vérité. De quelle expérience magique s'agit-il et quel sera mon rôle ?

– Le prince n'a pas exagéré. Dès que j'aurai pris mon petit déjeuner, nous partirons pour Héliopolis. »

8

Céleste avait sans doute tort de s'engager dans cette aventure, mais la personnalité de Djédi la fascinait. Travailler aux côtés du plus grand des magiciens, au sommet de son art, n'était-ce pas une chance inespérée ?

La présence du prince Hor ne représentait pas un obstacle, bien au contraire. Lui seul, parmi ses soupirants, ne l'ennuyait pas. Parfois naïf et frivole, il avait bien changé au contact du colosse. Peu à peu, Hor se transformait en homme responsable. Et surtout, à la différence de la plupart des êtres, il ne reculait pas devant la première difficulté rencontrée sur le chemin.

À lui seul, le lion vert remplaçait une escorte nombreuse. Personne n'osait importuner le trio, et la surprise des gens qu'il croisait était telle que leur voyage entrerait certainement dans la légende.

« Ne manquons-nous pas de discrétion ? s'inquiéta Hor.

– Je t'ai déjà dit que je ne me déplace jamais sans mon lion. De plus, il est bon qu'Héliopolis sache que nous arrivons. Même dans ce lieu saint, source de notre tradition, il y a quelques hypocrites qui doivent commencer à se faire du souci. Ce n'est pas pour me déplaire, car les rongeurs vont sortir de leur trou. »

Une trentaine de prêtres au crâne rasé attendaient les visiteurs à l'orée de la voie processionnelle menant au sanctuaire de Râ.

« N'allez pas plus loin ! ordonna un maigrelet à la voix acide. Ici débute un territoire sacré interdit aux profanes.

– En ce cas, comment expliques-tu ta présence ? questionna Djédi.

Ulcéré, le maigrelet prit ses confrères à témoin.

– On ose m'insulter, moi, le géomètre en chef ! Plainte sera déposée auprès du pharaon.

– Je suis son fils aîné, révéla Hor, et voici le document officiel nous autorisant à pénétrer dans Héliopolis. »

Encore sous l'emprise de l'indignation, le prêtre fut néanmoins obligé de s'incliner.

Quand le géant lui posa les mains sur les épaules, le maigrelet faillit s'évanouir.

Le regard de Djédi ne présageait rien de bon. De ses doigts énormes, il pouvait le broyer en un instant.

« Les documents officiels sont une chose, la justice une autre. Toi et tes trois compagnons indignes, dont je connais les noms et les malversations, quittez immédiatement cette ville et installez-vous dans les marécages du Delta. La compagnie des crocodiles, des serpents d'eau et des insectes devrait vous convenir.

– Tu… tu n'oserais pas me tuer ! »

Sous la pression des doigts, les omoplates commencèrent à craquer.

Le géomètre héla trois des crânes rasés.

Après s'être déchaussés et avoir quitté leur robe de lin, ils déguerpirent.

« Rejoins-les, ordonna Djédi en gratifiant le maigrelet d'un coup de pied dans le derrière qui le propulsa à plusieurs mètres.

– Des êtres indignes à Héliopolis ! s'étonna Hor. Comment est-ce possible ?

– À Héliopolis, au palais royal, partout… Ouvre les yeux, prince ! Dès que Maât occupe un espace, si petit soit-il, *isefet* n'a de cesse d'y pénétrer afin de le détruire. Et le vecteur de la corruption, c'est l'homme. Aussi le balai que Pharaon utilise pour effacer toute trace de pas en sortant du sanctuaire est-il l'un des objets rituels les plus importants. »

Djédi, Hor et Céleste passèrent par une petite porte et se purifièrent avec l'eau d'une vasque en pierre.

Le lion vert se coucha sur le seuil.

« S'il rugit, avertit le magicien, c'est qu'un danger nous menace. »

Le sanctuaire était vide et silencieux.

D'abord une cour à ciel ouvert, puis une forêt de colonnes, enfin une chapelle fermée.

Devant le portail, un vieillard tenait le sceptre servant à consacrer les offrandes.

« Te voici de retour, Djédi.

– Juste de passage, Grand Voyant.

– Ta réputation n'a cessé de grandir.

– Vanité des vanités, illusion de l'illusion ! Mon oasis me suffit.

– Tu es quand même revenu, en compagnie du fils aîné du roi et d'une prêtresse d'Hathor. Pourtant, tu sais que j'ai oublié l'emplacement du coffre en silex.

– La volonté de Pharaon m'impose de le retrouver.

– N'apprécies-tu pas les joies d'une retraite heureuse ?

– Plus encore que vous ne l'imaginez ! Mais le destin ne me laisse pas le choix.

– La magie ne te permet-elle pas de le détourner ?

– Puisque vous tenez ce spectre, vous avez l'intention de consacrer ces deux jeunes gens.

– En leur accordant la qualité d'offrande, je leur donne une chance de survie. Pour toi, en revanche, je ne peux rien faire, sinon te conseiller de renoncer.

– Merci de votre aide, Grand Voyant. »

Le colosse ouvrit la porte de la chapelle.

À pas comptés, il passa entre deux grandes colonnes sur lesquelles étaient inscrites les formules rituelles des premiers prêtres de Râ, la lumière divine.

Puis il emprunta un couloir de granit qui aboutissait à une petite cour.

Sur un imposant socle de pierre, se dressait un obélisque trapu au pyramidion recouvert d'or. Il réfléchissait les rayons du soleil, inondant de lumière le domaine sacré.

Avec la légèreté d'un oiseau, Djédi bondit à la base de l'obélisque.

Sur sa face orientale, une courte inscription lui procura la clé qui lui manquait : « au cœur de l'océan primordial ».

Quand le géant ressortit du sanctuaire, le Grand Voyant avait disparu.

Le prince et la prêtresse se regardaient d'une curieuse manière, comme s'ils se voyaient pour la première fois.

« Suivez-moi, ordonna le magicien qui prit la direction du lac sacré.

Au-dessus de l'eau d'un bleu étincelant, des hirondelles tournoyaient.

– Les âmes des justes nous protègent, constata Djédi. Toi, Hor, va au midi et prononce les formules d'Horus. Toi, Céleste, au septentrion, celles d'Hathor. Quoi qu'il arrive, n'intervenez pas.

– Pour agir, avez-vous attendu son initiation aux mystères de la déesse ? demanda le prince.

– Cesse de poser des questions inutiles et remplis ta fonction. »

Hor s'adressa à Horus, le ciel lointain, symbolisé par un faucon dont les ailes étaient à la mesure de l'univers. En se posant sur la nuque du pharaon régnant, il lui communiquait la pensée des étoiles.

Céleste invoqua Hathor, « le temple d'Horus », la mère divine qui régulait les énergies de la résurrection.

Djédi descendit l'escalier oriental du lac sacré et disparut sous la surface.

Hor faillit se précipiter à son secours, mais il se rappela la mise en garde du magicien. Dans les yeux de Céleste, la même inquiétude. Mais elle aussi respecta les consignes du colosse.

D'après les plans d'architecte, le lac sacré d'Héliopolis n'était profond que de quelques mètres. Pourtant Djédi s'enfonça jusqu'au *noun*, bien au-delà des capacités respiratoires de n'importe quel plongeur.

À l'approche de ses cent dix ans, il n'était plus temps de prendre des précautions.

Fermant ses canaux de perception habituels, il se laissa couler au fond d'un abîme sans limites.

Au terme d'une longue immersion, il atteignit un coffre en silex qu'entourait un halo lumineux.

Sachant que le temps lui était compté, le magicien prononça une formule de puissance : *oun ro*, « ouvrir la bouche ».

Le couvercle du coffre s'ouvrit de lui-même.

À l'intérieur, un papyrus que l'eau ne mouillait pas.

Djédi le glissa dans sa tunique et, d'un puissant appel du pied, remonta vers la surface.

Quand Hor et Céleste le virent réapparaître, ils quittèrent leurs orients respectifs pour le secourir, car le colosse vacillait.

Mais il recouvrit vite l'équilibre et parvint au sommet des marches.

« Vous n'êtes même pas trempé ! constata Céleste. »

Djédi posa le précieux document sur une dalle de calcaire et brisa le sceau afin de le dérouler.

Une flamme jaillit du papyrus.

Les jeunes gens craignirent que le magicien n'eût été gravement brûlé.

Indemne, Djédi se consacra à une lecture attentive.

« Nous ne sommes pas sortis d'affaire, conclut-il. Les chambres de Thot sont proches d'ici, mais difficiles d'accès. Que je tente d'y pénétrer, soit ; que je vous associe à cette folie, non.

– Qui s'est engagé ne renonce pas, estima Hor. Vivre avec ma propre lâcheté me serait insupportable.

– On ne saurait mieux dire, ajouta Céleste.

– Ne confondez pas courage et témérité ! Dois-je vous rappeler que votre existence est en jeu ?

– L'avenir de l'Égypte m'importe plus que mon propre futur, affirma le prince. On ne prête pas un serment, on le donne.

– La détermination du prince me ravit, déclara la jeune femme d'une voix aussi douce que ferme.

– Je vous aurais prévenus. »

9

Le plateau rocheux de Guizeh avait été arasé, et l'immense surface plane appelait les monuments à naître.

Djédi s'immobilisa face à un sillon marqué de rouge.

« Quand je suis sorti sain et sauf des épreuves qui m'ont permis de devenir magicien, je me suis juré de ne plus jamais connaître de telles frayeurs. Ce que révèle ce papyrus s'annonce bien pire.

– N'êtes-vous pas de taille à vaincre l'adversité ? demanda la prêtresse avec une fausse ingénuité.

– Mésestimer l'ennemi conduirait à une défaite certaine. Et vous n'imaginez pas l'intensité des forces auxquelles nous nous heurterons.

– Si vous nous avez choisis depuis si longtemps, avança Céleste, c'est parce que vous nous estimiez capables de réussir.

– Depuis si longtemps ? s'insurgea Hor. Djédi vient juste de te rencontrer !

– Tu manques encore de lucidité, jugea la jeune femme. Ne crois-tu pas que chaque acte d'un grand magicien est calculé avec le plus grand soin ? Avant même de croiser notre chemin, Djédi savait qui nous étions et quel combat nous désirions mener.

– Est-ce la vérité ? demanda le prince au colosse.

– N'avons-nous pas des préoccupations plus urgentes ?

– Si tout est programmé, pourquoi nous inquiéter ?

– Nous arrivons au moment où rien n'est écrit. Seule notre magie commune décidera de l'avenir. Telle est l'infime part de liberté qui vous est attribuée : ou bien vous tentez d'ouvrir avec moi les portes des chambres de Thot, ou bien vous retournez à votre quotidien.

– Ne sommes-nous pas allés trop loin pour renoncer ? » questionna la prêtresse.

Hor demeura silencieux.

Djédi s'accroupit et agrippa les rebords d'un long bloc qu'il souleva afin de dégager l'entrée d'un couloir en pente raide.

« Voici la bouche du monde inférieur. Pour atteindre les chambres de Thot, nous devons passer par lui. Avant de descendre, je vous équipe avec des amulettes. »

Djédi donna au prince un pilier incarnant la stabilité ; à Céleste, un œil complet. Puis il orna leurs poignets de fins bracelets composés du signe *ânkh*, « la vie », et du sceptre *ouas*, « la puissance ».

« Un bon nombre de démons et de démones vous frôleront, annonça-t-il. La peur vous incitera à remonter à la surface. Surtout, continuez, sans jamais me perdre de vue. Impossible, en effet, de revenir en arrière. Il faudra traverser toutes les chambres secrètes ou périr.

Hor chancela, Céleste tint bon.

– Nous sommes trop près du but pour abdiquer, décida-t-elle.

– Comme vous voudrez, concéda Djédi. À partir de cet instant, vous ne pourrez plus renoncer. Voici maintenant l'essentiel.

Djédi remit une palette et un calame au prince et à la prêtresse.

– Le nom de la palette de Thot est "Voir et Entendre", révéla-t-il. Telle sera précisément votre mission. Pendant que j'ouvrirai les portes des chambres, notez avec précision ce que vous percevrez.

– Il manque les pains d'encre et les godets à eau, observa Hor.

– Ce calame est issu de la plante sacrée de Thot qui efface les impuretés et ne s'altère pas. Il n'a pas besoin d'encre pour graver les signes.

Hor reçut les objets avec une certaine crainte. La palette lui sembla d'une légèreté irréelle.

Céleste tenta d'écrire, sans résultat.

– Tant que vous n'aurez pas vu et entendu, le calame restera muet, précisa Djédi. Il ne trace que la réalité cachée, pas vos pensées ou vos sentiments. Êtes-vous prêts ?

– Nous ne le serons sans doute jamais, estima la jeune femme. Autant ne plus tergiverser. »

Dès que le trio s'engagea dans la bouche du monde souterrain, le lion vert se coucha près de l'orifice. Aucun mauvais génie ne surprendrait les explorateurs par-derrière.

Raide et glissante, la pente conduisait vers d'épaisses ténèbres. Djédi occupait la tête, Céleste le milieu, Hor fermait la marche.

Dans l'obscurité, le prince et la prêtresse commencèrent pourtant à voir.

Le long des murs se tenaient des génies gardiens aux visages hideux et terrifiants. L'un d'eux avait une flamme à la place de la tête, un autre un bec de vautour. Tous brandissaient de grands couteaux.

Quand Djédi prononçait leur nom, il bloquait leurs bras. Un récalcitrant abattit son arme qui frôla l'épaule du prince.

Son instinct l'incitait à remonter vers la surface, mais il ne voulait pas perdre Céleste. N'était-il pas là pour la protéger ?

La jeune femme répétait les mots de puissance émis par le magicien. Hor l'imita, et les redoutables personnages disparurent les uns après les autres.

La descente s'interrompit, la progression se poursuivit sur un sol de terre battue.

« La terre enfante dans les ténèbres fécondatrices, déclara Djédi. La butte primordiale sort de l'infini, l'île du premier matin apparaît. »

Sur la palette, la main du prince traça le plan d'une caverne dont les murs avaient été partiellement travaillés. Le plafond était assez bas. Sur la palette de la prêtresse figuraient description et dimensions.

« Voici la première chambre de Thot, révéla Djédi. Tout y est potentialité. Imprégnez-vous de cette matière première.

– Y aura-t-il d'autres gardiens aussi vindicatifs ? demanda Hor.

– Les prochains demeureront invisibles. Surtout, ne lâchez pas votre palette ! C'est le seul outil magique qui les écartera. Nous allons maintenant emprunter un couloir très étroit. Vous aurez l'impression que les parois vous déchirent les chairs. Ne vous affolez pas et grimpez sans aucune pause. »

Malgré les encouragements de Djédi, Hor faillit perdre pied. L'exemple de Céleste, qui avançait sans se retourner, lui permit de surmonter sa peur.

Après un parcours interminable au cours duquel il se crut écorché vif, le prince entra dans une salle où s'unissaient le granit et le calcaire. Les blocs étaient ajustés à la perfection.

« Voici la deuxième chambre de Thot, dit Djédi. Pour l'atteindre, nous avons traversé le fleuve du temps. Contemplez la niche creusée dans le mur du fond. »

Elle avait la forme d'une pyramide à cinq degrés, rappelant le monument du pharaon Djéser à Saqqarah, ainsi que le sanctuaire central de la pyramide de Meidoum et les voûtes en encorbellement de Dachour.

Sur les deux palettes s'inscrivirent proportions, nature des matériaux et règle de construction.

« Ici, déclara le magicien, nous rencontrons les ancêtres. Ils nous donnent à boire le fluide de l'au-delà, l'eau immatérielle de la déesse d'Occident qui accueille les justes en son sein. Écoutez sa voix, entendez le chant des pierres.

Les frayeurs oubliées, la fatigue effacée, Hor n'avait pas envie de quitter cet endroit où régnait une paix inespérée.

– Est-il vraiment nécessaire d'aller plus loin ?

– Si nous ne tentions pas de poursuivre notre route, les flots de l'oubli nous submergeraient, car nous ne serions pas dignes des ancêtres. Ils ne nous demandent pas de répéter sans conscience ce qu'ils ont accompli, mais de poursuivre leur création. Se contenter de recevoir leurs dons sans les faire fructifier reviendrait à les trahir. Aussi devons-nous continuer, sous peine d'être engloutis.

Hor quitta à regret cette salle où il avait repris tant de confiance qu'il se sentait presque invincible.

– Ne te surestime pas, conseilla Céleste.

– Déchiffrerais-tu mes émotions ?

– Dans le cas contraire, aurais-je accepté de t'accompagner ?

– Tu savais que Djédi viendrait à Memphis, n'est-ce pas ?

– J'étais seulement persuadée que la magie t'offrirait un chemin qui est aussi le mien. Grâce à elle, nous sommes ensemble.

Il l'embrassa tendrement sur le front.

– Nous pourrions nous perdre.

– Seulement si tu manques de courage et de confiance. Moi, je ne doute pas.

– À cause des révélations de la déesse Hathor ?

– Elle est le ciel, la voûte d'or et de *lapis-lazuli* sans laquelle nul être n'existerait. Thot ne saurait s'opposer à elle. En traversant ses chambres, nous rejoindrons l'origine.

– Nous nous sommes assez reposés, jugea Djédi. Avançons. »

Hor pressentait depuis longtemps que Céleste ne ressemblait pas aux autres femmes. Mais elle se révélait encore plus exceptionnelle qu'il ne l'imaginait. Sans le magicien, certes, ils n'auraient pas survécu aux épreuves. Mais la prêtresse d'Hathor ne procurait-elle pas à Djédi une force dont il avait besoin ? Lui, le fils aîné de Khéops, n'était qu'un apprenti.

Son semblant d'assurance s'effaça quand il aperçut une immense galerie montant vers un au-delà inaccessible. Pris de vertige, il s'assit sur la première marche.

« Voici la troisième chambre de Thot, précisa Djédi. Ne tentez pas de résister au déchaînement de l'air. Serrez bien la palette contre votre cœur, la magie des signes vous évitera d'être écrasés contre les parois.

– L'ascension sera-t-elle longue ? demanda le prince.

– Peut-être n'aura-t-elle pas de fin. En ce cas, nous serons aspirés par le cosmos.

– N'est-ce pas la plus belle des destinées ? suggéra Céleste.
– Encore faut-il que le tribunal d'Osiris ne nous condamne pas à la seconde mort, précisa le colosse.
– Votre magie ne suffira-t-elle pas à convaincre les juges ?
– Magie n'est ni artifice ni tromperie. Tout dépend ce que contient le vase de votre cœur. Lourd de fautes contre Maât, il nous châtiera. Léger, il nous guidera sur les beaux chemins de l'éternité.
– Quoi qu'il en soit, rappela la jeune femme, stationner ici nous condamne.
– Prenons donc notre envol, recommanda le magicien.
– De quelle manière ?
– Regardez vers le haut, vers la porte de pierre qui s'illuminera dès que votre pensée sera orientée vers elle. Puis tapez du talon, avec un maximum de vigueur. »
Djédi montra l'exemple.
Avec une souplesse surprenante, vu sa taille et son poids, il s'élança dans la grande galerie.
Céleste l'imita.
Aussi gracieuse qu'une hirondelle, elle s'envola.
Pour le prince Hor, la manœuvre fut moins facile. Tellement désireux de suivre la prêtresse, il parvint néanmoins à décoller du sol, mais des bourrasques de vent menacèrent de le plaquer contre une paroi. Se souvenant des directives du magicien, il maintint

la palette bien serrée contre sa poitrine et redressa sa trajectoire.

Il lui sembla que des cris de colère jaillissaient de la pierre, comme s'il violait l'espace préservé d'âmes errantes qui se révoltaient contre cette transgression. Le vacarme était si effrayant qu'il eut envie de tout lâcher pour retomber au point de départ et ne plus endurer cette souffrance.

Une fois de plus, ce fut Céleste, aérienne et lumineuse, qui l'en dissuada. Il éprouva l'intense désir de partager sa vision et de connaître le nouveau paysage qu'elle explorait.

Frigorifié, le prince atterrit sur une large marche de granit où se tenaient déjà le magicien et la prêtresse.

Djédi examina les palettes.

Sans qu'ils s'en aperçoivent, les mains des deux jeunes gens avaient tracé le plan de la grande galerie et précisé ses dimensions.

« L'épreuve de l'air s'est heureusement achevée, constata le magicien dont le visage était marqué par la fatigue. Mais la confrontation a été rude.

– Vous avez dépensé beaucoup de forces pour nous défendre, jugea Céleste.

– Les génies de l'air attaquent dans toutes les directions en même temps et changent sans cesse de stratégie. Si l'on ne s'adapte pas en permanence, ils finissent par vous briser.

C'était la première fois que le prince voyait la lassitude accabler le géant.

– Qu'y a-t-il au-delà ?
– La quatrième chambre de Thot.
– Vous semblez découragé !
– Nous avons utilisé beaucoup d'énergie pour parvenir jusqu'ici. Trop, sans doute. Et il n'existe aucun moyen de nous ressourcer.
– Vous avez vous-même affirmé que nous ne pouvions pas nous arrêter en chemin.
– C'est la vérité.
– Que nous arrivera-t-il, si nous restons ici ?
– Un vent furieux se lèvera et nous fracassera contre les parois de la galerie. Sa violence sera telle que ni les amulettes ni les palettes ne nous protègeront. Retourner en arrière ou stagner nous condamne à mort.
– Eh bien, continuons !
– Ce n'est guère plus réjouissant. La quatrième chambre de Thot est gardée par trois dalles de granit gigantesques. Actuellement suspendues, elles s'abattront sur nous. Il me reste assez de force pour en retenir une, mais pas les deux autres.
– Bref, nous n'avons plus qu'à choisir la meilleure façon d'être anéantis !
– Je le crains.
– À la réflexion, suggéra Céleste, ces dalles de granit ne sont que des portes et des gardiennes.
– En effet, reconnut Djédi.
– Qu'ont-elles de plus redoutable que celles déjà franchies ?

– Si rapides serions-nous, elles ne nous laisseraient aucune chance de passer.

– Ces herses portent peut-être des noms, comme les génies aux couteaux !

– Si c'est le cas, je ne les connais pas, avoua Djédi.

– Si, forcément ! Elles vous ont contraint à les oublier, mais vous les avez bel et bien prononcés afin d'accéder à la science qui vous permet de traverser le visible et de remettre en place des têtes coupées. Descendez au plus profond de votre cœur et retrouvez-les. »

Le géant s'assit en scribe et, sous les yeux étonnés de Céleste et de Hor, il se transforma en lotus, sans pour autant disparaître complètement. Tout en demeurant distincts, l'homme et la plante ne formaient qu'un seul être.

Soudain, une bise fit frissonner les jeunes gens.

« Si Djédi ne revient pas très vite vers nous avec la solution, observa le prince, nous sommes perdus. Voici le début de la tempête annoncée.

Céleste affichait un calme surprenant.

– N'aurais-tu pas peur de mourir ?

– Bien sûr que si.

– D'où provient ta sérénité ?

– Du fait que nous n'avons pas le choix. Ainsi, nous sommes libres. Libres d'une liberté dont nous témoignerons devant le tribunal des divinités.

Le lotus se dissipa, le géant réapparut.

– Avez-vous réussi ? demanda Hor.

– Malheureusement non. De vagues souvenirs, rien de précis.

– Nous nous en contenterons, décida Céleste. Le vent lance ses premiers assauts, nous ne tiendrons pas longtemps.

– Essayez les trois termes les plus puissants de votre magie, recommanda le prince. Ce ne sont quand même pas ces gros cailloux qui vous résisteront !

Le trio escalada le grand degré et s'enfonça dans un couloir si bas que le géant dut baisser la tête.

Ils s'immobilisèrent en apercevant la première dalle de granit suspendue.

– Si je fonce, préconisa Hor, je suis presque sûr de passer.

– Le bloc sera plus rapide que toi.

– Essayez de le nommer, insista Céleste.

Djédi fixa la pierre menaçante.

– Tu es la vigilance, déclara Djédi, l'éveil permanent à l'esprit. Permets-nous d'avancer.

Hor voulut être le premier, le colosse le retint.

– Nous gardons notre dispositif.

La gorge serrée, le prince et la prêtresse regardèrent se plier le grand corps du magicien.

Sans se hâter, il marcha en position courbée jusqu'à la partie du couloir située au-delà de la première herse qui resta immobile.

Main dans la main, les deux jeunes gens l'imitèrent.

Au front du magicien perlaient des gouttes de sueur.

– Plus que deux, constata Céleste, optimiste.

Djédi se présenta face à la deuxième dalle.

– Tu es la persévérance, celle qui ne renonce jamais et rend durable les monuments d'éternité.

De nouveau, le magicien se courba.

De nouveau, la poutre de granit demeura immobile.

À leur tour, Hor et Céleste s'élancèrent.

– Tu es la rigueur sans laquelle rien de juste ne s'accomplit, dit le colosse à la troisième herse.

Cassé en deux, le dos à l'horizontale, il s'aventura.

Dans un grincement qui déchira les oreilles du prince, l'énorme bloc coulissa dans ses rainures et s'abattit sur Djédi.

D'un geste désespéré, le géant leva les mains et parvint à le contenir. Tendus au maximum, ses muscles ne tarderaient pas à céder.

– La rigueur ne suffit pas, murmura-t-il, presque à bout de souffle. Tu es... Tu es la rectitude, le gouvernail de l'esprit, celui qui mène le bateau de l'âme à bon port.

Devenu léger comme une plume, le bloc remonta à sa place d'origine.

Avec vivacité, les deux jeunes gens rejoignirent le magicien.

– Vous avez réussi ! s'exclama le prince.

– Remercions les dieux, recommanda Djédi. Mais nous ne sommes pas au bout du chemin.

– Qu'y aurait-il de plus redoutable ?

– Tu le sauras assez tôt. Pénétrons dans la quatrième chambre de Thot et recueillons-nous.

En se retournant, le prince constata que les trois herses avaient disparu. Ne restait qu'un couloir vide, apparemment dépourvu de danger.

– En cas d'extrême péril, nous pourrons revenir par là.

– Ne t'y risque surtout pas, recommanda Djédi. Les trois dalles s'effondreraient en même temps. »

Hor oublia ses velléités en découvrant une vaste salle encore plus belle que la précédente et construite en granit d'où émanait une douce lumière.

La main du prince courut sur la palette, inscrivant les proportions à observer : dix coudées sur vingt, à savoir le rectangle de la création, matrice des formes vivantes. Et l'écritoire de Céleste précisa la disposition des blocs, où nulle symétrie n'empêchait la circulation de la sève minérale.

La jeune femme éprouvait une étrange sensation de bien-être.

« Jamais je n'avais respiré un air comme celui-là.

– Il provient des étoiles, révéla Djédi. Deux couloirs sont creusés dans les parois : l'un, au Nord, vise les *circumpolaires*, l'axe de l'univers autour duquel les pharaons ressuscités célèbrent un éternel banquet ; l'autre, au Sud, établit le contact avec Orion, le corps céleste qui atteint le cœur de l'univers et régule ses incessantes transmutations.

Le prince s'avança vers le mur ouest, près duquel se trouvait un sarcophage de granit noir.

– Voici la barque céleste, précisa le magicien, celle qui transforme la mort en vie. Tout est parti d'elle, tout lui revient.

– Avons-nous parcouru la totalité des chambres de Thot ?

– Pas encore.

– Il règne ici tant de quiétude ! Quel danger pourrait nous menacer ?

– Cette quatrième chambre est celle du feu céleste qui permet à l'âme du roi ressuscité de briller comme l'étoile du matin. Au-dessus du plafond, il existe cinq autres chambres, tout en longueur, très étroites et superposées qui forment l'athanor alchimique d'où provient l'énergie de la pyramide. Jamais nous n'aurions dû parvenir jusqu'ici. Quand le ciel animera ce gigantesque fourneau, il ne laissera subsister rien de mortel. Telle est la fonction d'une pyramide, et c'est bien ainsi.

– Après un tel parcours, pourquoi ne pas essayer de nous introduire dans ces ultimes salles ?

– Regarde le plafond de ce sanctuaire : neuf énormes dalles le composent. Neuf pierres inaltérables. Au total, il existe neuf chambres de Thot qui abritent l'Ennéade, la confrérie des puissances créatrices sans cesse en action. Elle appartient à l'univers des divinités, pas au monde des humains. Pour nous, accéder aux cinq dernières chambres est impossible. Même la magie du verbe serait inopérante. Seul Thot est capable de nommer le

Cinq caché dans ce couronnement intérieur de la pyramide. Vous avez rempli votre fonction, car les palettes révélant les plans de ce monument ne seront pas détruites par le feu. Grâce aux textes et aux descriptions, Khéops construira une nouvelle région de lumière.

– Cela signifie-t-il que nous, nous n'échapperons pas à ce feu ?

– Rien d'humain ne sera sauvé, je te le confirme.

– Dès le départ, s'insurgea Hor, vous saviez que nous ne reviendrions pas !

– Je vous avais prévenus, mais vous êtes restés sourds. Soyez persuadés, l'un et l'autre, que votre sacrifice était nécessaire. Sans vous, le plan d'œuvre serait demeuré indéchiffrable. Personne d'autre n'aurait réussi. Croyez-moi, j'aurais volontiers abandonné ma place à un autre magicien.

Le prince arpenta la salle.

– Cet endroit sera donc notre sépulture !

– Non, car il est réservé au corps osirien de Khéops. Nous, nous serons anéantis par un feu qui ne laissera pourtant aucune trace sur les murs. Car celui qui règne dans cette pyramide est tout aussi invisible que les autres éléments dont vous avez appris à connaître la vraie nature.

– Une connaissance inutile, déplora Hor. N'existe-il vraiment aucun moyen de rejoindre l'extérieur ?

– Aucun.

– Et retourner en arrière est impossible… Il faut donc accepter notre sort.

– La magie ne consiste-t-elle pas à dévier ses mauvais coups ? interrogea la jeune femme.

– Ce qui nous arrive n'en est pas un, objecta le géant. Nous avons choisi cette voie et sommes allés jusqu'à son terme. En lisant les plans dans l'invisible et en les transcrivant sur les palettes de Thot, vous avez accompli votre destinée.

– La grande pyramide n'existe pas encore, rappela Céleste.

– Elle vit dans la pensée de Khéops, et nous avons effectué un voyage bien réel.

– Je n'en doute pas, mais le monument n'est pas animé ! Même s'il n'y manquait pas un seul bloc, il ne serait pas l'incarnation des chambres de Thot avant la célébration de la totalité des rites.

– Exact, reconnut le magicien.

– Par conséquent, poursuivit-elle, aucun de nos actes ne saurait nuire à l'âme royale ni profaner ces lieux.

– Toujours exact, puisque rien ne serait inscrit dans la construction.

– Alors, proposa Céleste, servons-nous des canaux et de la barque !

– De quelle manière ?

– À vous de nous l'indiquer, Djédi.

Les deux jeunes gens fixèrent le magicien.

De sa réponse dépendait leur survie.

– Il existe peut-être une possibilité, mais je ne vous garantis pas le résultat.

– Rien ne sera plus dangereux que l'itinéraire qui nous a menés jusqu'ici !

Le colosse examina l'entrée des canaux d'aération, puis le sarcophage.

Peu à peu, la température s'élevait.

– La transmutation semble commencer, marmonna-t-il. Après tout, autant tenter l'impossible. Je dois dissocier votre âme-oiseau de votre enveloppe corporelle. Toi, Hor, tu te dirigeras vers les étoiles du Nord ; toi, Céleste, vers celles du Sud. Les risques sont multiples. D'abord, votre âme peut s'égarer ; ensuite, être absorbée par l'immensité ; enfin, elle ne retrouvera peut-être pas le chemin de votre corps.

– Si nous restons inactifs, ne serons-nous pas brûlés vifs ? rappela le prince. »

Le magicien magnétisa longuement la prêtresse, puis le prince. Il procéda à la dissociation et provoqua le départ des deux âmes-oiseaux vers le ciel.

La chaleur devenait accablante, les pierres rougissaient.

Djédi s'étendit dans le sarcophage qui s'allongea et s'élargit afin d'accueillir le géant.

Au moment où l'athanor était sur le point de fonctionner à pleine puissance, la cuve de granit se transforma en une barque qui s'élança vers les nuées.

10

La crue montait jusqu'au rebord du plateau de Guizeh. Des bateaux en provenance des carrières, les dockers déchargeaient les pierres qui serviraient à la construction de la demeure d'éternité du pharaon Khéops et les plaçaient sur des traîneaux en bois.

Aucun détail de l'organisation du chantier n'avait été laissé au hasard. Chacun des artisans, hautement qualifiés, connaissait son rôle. Tous savaient qu'ils bâtissaient une centrale d'énergie qui, selon les anciens textes, ferait mourir la mort.

L'œuvre devant débuter par le haut, la première pierre parfaitement taillée n'était autre que le pyramidion, destiné à couronner l'édifice achevé.

Maniant la massue illuminatrice, le roi s'apprêtait à la consacrer, marquant ainsi le véritable début du Grand Œuvre. Derrière lui, l'architecte en chef, muni de deux palettes d'une valeur inestimable sur lesquelles étaient gravés les plans de la grande pyramide.

La massue blanche toucha le pyramidion.

En jaillit un rayon de lumière qui se répandit, telle une vague, sur la totalité du plateau.

« La pierre a répondu, déclara le roi. Le sacrifice de trois êtres d'exception n'aura pas été vain. »

*

Le lion vert grogna.

« Tu deviens insupportable, estima Djédi. Ce n'est pas encore l'heure du déjeuner ! Remarque, moi aussi, j'ai une petite faim. Bon... Parce que c'est toi, je vais nous faire servir un encas. »

Sur le chemin de la cuisine, le magicien croisa le prince Hor, perdu dans ses pensées.

« La paix de cette oasis te convient-elle ?

– Que rêver de mieux ?

– N'étant pas un vieillard retiré du monde, tu te lasseras de rêver. Après cette indispensable période de réadaptation, tu dois maintenant regagner la Cour.

– Servir Maât, gérer l'État, assurer le bonheur de la population sont des nobles tâches, mais...

– Mais tu n'as pas envie de partir seul ! Parle à Céleste, exerce ta magie.

– Si j'échoue ?

– Aurais-tu perdu le goût du risque ? »

La jeune femme était assise sous un palmier et lisait un poème vantant les charmes de la capitale des Deux Terres.

Hésitant, le prince s'approcha.

« Désires-tu t'installer ici ?

– Ma décision dépendra de la tienne, Hor.

– C'est précisément ce que je comptais te dire.
– Dois-je comprendre que…
– Tu le dois. Après les épreuves que nous avons vécues ensemble, comment pourrions-nous nous séparer ?
– À table ! clama Djédi. Pour fêter vos fiançailles et votre retour à Memphis, je vous offre un vrai banquet. Et ne vous avisez pas de grignoter. À votre âge, on digère tout. »

*

Comme tous ceux qui la contemplaient, Hor et Céleste étaient émerveillés.

Revêtue d'un parement de calcaire blanc qui reflétait la lumière, la grande pyramide de Khéops reliait le ciel à la terre. Elle affirmait la réalité d'une royauté spirituelle dont le pharaon était le représentant parmi les hommes.

En suivant scrupuleusement les plans rapportés de l'autre côté du réel, lors de l'exploration des chambres secrètes de Thot, les architectes avaient créé un chef-d'œuvre qui fatiguerait le temps.

Les deux jeunes gens avaient conscience de vivre un âge d'or. À la différence du *ka* de la pyramide, lui ne serait pas éternel. Aussi en savouraient-ils chaque journée.

« En tant que nouvel archiviste en chef, dit le prince à la prêtresse, je suis chargé de mettre en lieu sûr les deux palettes sur lesquelles nous avons inscrit les révélations de l'invisible. Quel endroit me conseilles-tu ?

– Pourquoi pas la pyramide elle-même ?

– L'accord du roi m'est nécessaire. »

Alors qu'il se rendait au palais avec les deux précieuses reliques, Hor s'aperçut qu'elles étaient redevenues vierges.

*

Confortablement installé dans son monumental fauteuil, Djédi buvait du vin frais et caressait la crinière de son lion.

« Pour toi comme pour moi, mon vieil ami, le moment du grand départ approche. J'espère que le nombre de nos bonnes actions sera plus élevé que celui des mauvaises, face au tribunal divin ! En tout cas, cette existence n'aura pas manqué de sel. Voir naître la grande pyramide, ne fut-ce pas un privilège exceptionnel ? Mais l'ennui, avec les humains, c'est qu'ils sont bavards et inconséquents. Un jour, ils prendront ce monument pour un tombeau, voire pour un simple amas de pierres. C'est pourquoi il fallait effacer la trace des chambres secrètes de Thot. Si des aventuriers de l'esprit perçoivent leur existence, ils n'auront qu'à redécouvrir le chemin que nous avons tracé. »

D'un grognement de satisfaction, le lion approuva.

Baigné de la douce lumière du couchant, le magicien se resservit une coupe de vin.

Edition exclusivement réservée
aux adhérents du Club
Le Grand Livre du Mois
15, rue des Sablons
7516 Paris

Imprimerie Nouvelle, 45800 Saint-Jean de Braye – 406018V